Nachtheu

Carmen Jaud

Band 14 der Lyrik-Edition NEUN
herausgegeben von Steffen Marciniak
und Patrick Hattenberg

Erscheint mit einer nummerierten und vom Autor signierten Auflage.
Der Vorzugsausgabe mit den Nummern 1–9 liegt ein signierter Original-Linolschnitt bei.

Dieses Exemplar trägt die Nummer:

75

Lyrik-Edition NEUN – Band 14
Herausgeber: Steffen Marciniak

Layout: Svea Haske, Steffen Marciniak
Umschlag: Patrick Hattenberg
Linolschnitte: Steffen Büchner
Druck des Linolschnitts in der Vorzugsausgabe: Corvinus Presse

10115 Berlin, Torstraße 157
Tel.: 030/39205565 Mail: neunreiche@aol.com

ISBN: 978-3-948999-14-8

CARMEN JAUD

Nachtheu

Gedichte

STEFFEN BÜCHNER

Grafiken

VERLAG DER NEUN REICHE

fühlung

wunder

als märchen in jedem strauch hockten, sog ich
dies rostrote licht ein. mein pulsschlag rann durch
die sprünge im spiegel wie auf unglückspfaden ·
ich las die zeichen von wundern, die nie geschahen
oder zu spät oder ohne beweis: das bildest du
dir alles nur ein. schatten fleckte den schnee
zwischen den sträuchern. alles gehörte mir ·
die dunklen stellen · die reinheit des firns ·
jedes zweiglein, das meine atemluft erzittern
ließ. ich war wind und erschuf die welt und
ihre hexen. für sie gab es immer ein leichtes
entkommen · sie waren mehr als eine müde
denksportaufgabe. ich teilte ihnen die kopfnüsse
zu, die ich nicht knacken konnte. zahlen auf
kriegsfuß · ich ging über los und verlernte das
einmaleins. meine hände sind jetzt alterswerke.
die hexen hatten immer schon alles abgestritten.

weg

erlkönigs blicke häkelten sich tiefer in unsere leiber
immer samstags am altwasser · immer unter den
weiden · immer das exercitium der angler. wir
waren aufgeschlagene knie, schnecken sammeln
für taschengeld und danach dieser windgeruch
aus den kiesgruben. unser atem floss teichblau
durch nasen und ohren, barfüßig gerötet im
sonnenbrand warfen wir blasen. ich sehe was, das
du nicht siehst. wir hielten die hand auf, damit
sie gelesen wurde, man maß uns in *erdentagen* ·
wir litten am mutterkorn. worte wie aufgetragene
kleider, die wir erbten. wir sagten sie auf und
verschwanden für stunden allein in den wäldern,
der weg trat in unsere eigenen fußstapfen, wir
wuchsen im hellen · wir wuchsen bei nacht.

auwald

die bäume bringen den himmel zum
verschwinden und der märz riecht weiß
aus seinen bechern. du bist noch klein und
gehst an der hand und der sommer behütet
den juni rot mit weißen tupfen.

und alles war duft und vieles war gift und
man wusste von manchen, die sich verliefen.
die märchen, die dich beäugen siehst du nicht
und nie gehst du ohne den vater. die rinde
der bäume ist borkiges brot und der blick geht irr

zwischen den stämmen. vögel rucken den kopf
nach dir und die angst hat ohren. ein laut tropft
in die grünen kissen. wer von hier nicht zurückkehrt,
wird zur quelle aus der rehe trinken. die hand
lässt du los an der grenze zum feld.

uhren

das foto vom sonntagsausflug. alle kinder sind schon da, auch die angst, sie zu verlieren: die fangarme der zeit · sie strickt mir ein kleid aus ihren stunden. was ist die antwort, wo warst du als ich dich suchte? das stete pulsen der uhren · abendbrot macht lippen · die unterbrechung des traumes · der kuchen vom vortag · ein wort, das keiner in den mund nehmen wollte. in meinen schnee war soviel gestern gefallen, dass der acker weiß wie ein gedeckter tisch war. briefe mit feldpost · der augenblick als ursache wofür · eine müdigkeit, die von schlaf nichts wissen will. als alles vorbei war · warten auf. die zeit hat laufmaschen · deine bilder, die dir nie mehr gehören. du hast kein haus mehr · du bist jetzt gehäuse · doch dir schlägt keine uhr · dir schlägt nur noch dein herz.

inseln

beatmet von mohn aber pfingsten · sattes weiß ·
diese sahnige sprache und tauchkapsel wie
gemalt. das war damals sommer, das war damals
haut · mein nistkasten im verblühten fliederbusch.
ich muss noch weiter zurück: hingezwitschert ·
all diese retouren simmern im hirn · nie wurde
etwas gelöscht, ich spüre wie ich versiege in den
krümeln von gestern. die fühlung von wörtern als
ich noch kind war: anliegende wärme · grade
von abkühlung · puste kuchen · du nimmst mundvoll
inseln und sie fächeln dir zu. es gibt keine
löschung · es gibt schichten auf schichten · das
recht auf verschmutzung · vorschub von schmutz ·
überhaupt schmutz.

linie

ich erinnere mich an schwarze tafelfarbe, dann
fortlaufende sätze. alles war dunkel, worauf
sich besser mit weiß schreiben ließ, was mich
beschriften wollte · mich überschreiben sollte.
anagramme von weißen eierschalen · wäsche ·
schnee · mein leben mit · die buchstaben
dessen was folgen soll: lebenszeichen · das
fauchen der gräser · schwankende bilder · uralte
tiere · auf schritt und tritt. mich in den kulissen
der tage mit schwarz übermalen · in die fläche
hineinkratzen: ich bin eine weiße linie auf
dunklem grund. der himmel schrieb sich nieder
in mir · ich machte mich jeden tag auf zum
firmament: flieg engelchen flieg. alles mischte
sich in uns ein · wir lernten zu nelken · den
herzschlag der vögel · ich konnte ein lied davon
singen, mein liebling. wir wurden gebettet · wir
vergaßen einander, mir war jedes andenken recht.
die reste der städte · erklär mir das dunkel:
sprich zu mir von nacht.

echo

schutzengel · nachtgestrüpp · erzählte stille:
zaubersprüche nach belieben, die zeit überlebt
mit vergißmeinnicht und frühlingswind hallt
hellgrün in den trümmern, wir waren der kern
ihres echos: *mit uns geht die zeit*. warum nur
nutzen seerosenteiche den blick nicht ab. die
negativflächen der eigenen herkunft kopieren:
welche matrize war eingegossen in mich · wann
wurde ich in mir eins mit der vervielfältigung
von jemandem, den ich noch nicht kannte. als
ich mein muttertier verließ: blicke im kopfstand ·
ich war schon seitenverkehrt bevor ich mich
fühlte · umgedruckt und verteilt: an wen · wozu?
nie bestand ich die prüfung, ich wiederholte
mich so oft ich konnte und dennoch: ich war
nicht lichtecht. aus solchen tagen die kleinen
refugien der wegwarten · meine rosen sind rosen ·
wintererdbeeren · bisse je süßer die früchte ·
mir wurde so kalt bevor die hitze.

„mit uns geht die Zeit" aus: „Nehmt Abschied, Brüder, ungewiss ist alle Wiederkehr" nach: „Should auld acquaintance be forgot" von Robert Bruns (1759-1796), übersetzt von Claus Ludwig Laue, 1946. Musik: „Schottische Volksweise", seit 1687 bekannt.

haut

ein zaubermärchen beruht auf dem geheimnis, was uns wort war: wir nahmen uns immer zu viel. nie war es wenig genug. auf meiner haut reizungen · glutnestern ähnlich · ich bin behaart mit bäumen · bewaldet gar. *nies mit lust* und du löst das rätsel deines lebens: zauberwort und spucke haben sich wirkmächtiger als tinte erwiesen. du sagst, dass die pilze in diesem jahr spät herbsten. buchen bluten und ich habe noch nicht einmal mein kampfgewicht für den winter erreicht. wäre ich eine erzählung, bliebe dann mehr von mir? etwas wie seifenduft · der biss in ein baiser · wörter von vorne und hinten zu lesen · nebel · leben · das wort ein ort, der mich behauste. es ist vermessen, selbst wort werden zu wollen. ganz sicher kann ich nicht sein, aber in dieser kälte scheint mir das wort immer noch iglu.

„nies mit lust" aus: Wilhelm Hauff, *„Zwerg Nase" in: „Sämtliche Märchen", München 1970*

meer

wenn der krieg so alt wird, dass es nur noch
ersatz gibt, bis auch dem täglichen gebet die
worte ausgehen und ersetzt werden durch die
erinnerung an unsere helle kinderhaut und wie
wir auf ihr verreisten mit dem finger auf der
landkarte, den blauen adern folgten · den
strömen in uns als wir klein waren und noch licht
schluckten. irgendetwas musste uns nähren:
nimm hin und iss. wann dunkelte unsere haut
nach, wann wurden wir an die fremde geleint?
nie waren wir unbefleckt, das blau war immer
schon rot: ich stellte mir vor, es gäbe orte, wo
wir zur welt kämen und es wäre gut so. und alle
wüssten: das meer war in uns und wir waren
fluterzeugende gestirne.

körperradar

hand

im gewitter der rehe: ich kann dieses bild
nicht verscheuchen und, dass die haut von
verlangen besiedelt ist, das ist ganz natürlich.
warum sollte es entbehrlich sein ein tier zu
berühren. warum soll das gewicht eines
singvogels unsere hand nie auf die probe stellen.
auch vögel werden von blitzen erschlagen.
fliegen bei gewitter birgt gefahren, wie baden.
wir kennen das ja: kinderschrecks verloren ihre
kraft früher als lieb war und es war besser, die
löcher in vogelscheuchen nicht zu flicken, denn
nur so wurden täglich die schrecken gefüttert.
man hätte deren verbreitung natürlich
verhindern können, aber dazu wäre abkühlung
nötig gewesen. das gewitter blieb aus. am ende
trugen wir fraßschäden davon.

spur

landstrich aus nie erzählten blicken. mein auge kratzt eine spur in den beton der kasernen am waldrand. vor mir reglose findlinge aufgebahrt · starrend. es gab fluren, die waren zur wiederholung erkoren: jene birkenallee welkte in einem panzer aus schwärze. eine ricke rahmte sich in das schlaglicht am fluchtpunkt, blickte aus tränengruben. kitsch, dachte ich, devotionalie bettnaher sehnsüchte. dabei hatte ich immer ihr fell sein wollen, dass sie mich am leibe trug, wollte ich. tieraugen · ihr lautloses erbarmen. alles ist denkbar, auch rehe. sie stehen für etwas anderes.

hunger

körperradar an zukunft: du vergisst regelmäßig,
was wir wollten, und die akten fletschen genügend.
sie scheren sich nicht um den verbiss unserer
erinnerungen · eine mischung aus zuversicht
und rinden. ich war bereit für den wald, hatte
gehört, dass dort ein gedankenpaar brütete.
doch es gab kein brot und ich hatte seit tagen
nichts mehr gefressen. stunden verharrten
im beringungsraum, nach oben größerer himmel ·
flügelschlag der lidränder · das flattern einer
wimper. ich wollte mich abschreiten · auch was
um mich herum war. hunger begann und sattheit
begann · verlernte spiele · der hufschlag
der hirsche.

salz

ich sah dich, wie du da standest, an meine erinnerung gelehnt. in würfeln getrockneter schatten, auch ein schatten kann stürzen: du schönes tier · mein blick, der dich so schnaubend aufgezehrt! der doppelte boden aller gedankennetze · der beifang der subtexte · schlüpfrige mondschuppen, du spürst die gefahr zu entgleiten · das sinken der fluten · das jenseitige ufer. leg dein ohr auf den spiegel und lausche dem wasser die feinheiten der fische ab. du bist unterwegs in den arkaden der tiefe · wer soll dich betauchen, du bringst steinchen ins rollen · siehst den fischen beim rückenschwimmen zu. als das wasser sank, war die arche nur holz, bauholz, feuerholz, wer braucht schon ein schiff auf dem trockenen. *die fische blieben von der sintflut* verschont. salz kommt von den strömen. das kieselgrau deines teichs. die schatten seiner flossen.

„die fische blieben von der sintflut verschont“: Karl Valentin, 2003.

pirole

klettern durch das astwerk meines atems:
kondensate von lust · schlafmuster · gerinnende
träume, schon kühlen sie ab. die sonne am
tiefpunkt · zuwendung zu sternen, war das in
der kindheit erlernt? ich überwinterte im gelben
gefieder der pirole, erlernte das schwingen im
windbad · die waschung in wolkenlücken.
vogelzüge gravierten die mündlichen
überlieferungen der glockenschläge: *da komm
ich wieder.* machst du mich wirklicher als ich bin?
das langsame eintreffen von schlaf · das
gemeinsame abkühlen unserer körperwärmen,
wir versuchten unser nachtgewicht in federn
aufzuwiegen. wie mächtig waren die eisschilde?
die größte insel der welt · langsamer
sprachwandel · wortschmelze.

---

*„da komm ich wieder"aus: Ade zur guten Nacht",
Volksliedsammlung „Zupfgeigenhansel", 1910.*

lücke

wir lebten in rudeln, die spitzen milchzähne ins
frühlicht gebleckt. was durch die nächte
gewandert war, fanden wir morgens: trophäen
des frühsommers zu abziehbildchen gepresst,
frösche, einmal war ein salamander dabei ·
objekte archiviert auf asphalt. was im dreck lag,
kam ins pausenbrotpapier. wir aßen im angesicht
des todes. er war uns nah damals: täglich wurde
um uns herum gestorben. wir waren heupferd und
mücke · trugen unser haus auf dem rücken ·
gnade kannten wir keine. leben und leben lassen
am eigenen leib: ich reiß dir den kopf ab. wir
hingen an türklinken · am zwirn, wir büßten die
lücke. zahnreihen · gebisse · post mortem waren
wir nicht zu verwechseln.

kahn

kätzchen schaumreif teepolar weint
minzige tränen sommerlich aus saft und
seide. eult überm kahn gluckt. eremiten
bös oder artig mauern im wind den
laubsang zu tinte. flötet ins kopfige ohr
flaumkraut wie das frostet und fiebert
die drachen dir ausheckt fein gezähnt.

blut

nebelfalle kappt den flügelschlag lautloser bettelrufe. ich war zu weit gegangen, mit roten strümpfen durch die augenhöhen von katzen, deren übermütiges wachstum sie mir immer näher brachte. bekunde getier mit dem körper · bekenne morastiges zwielicht · sprich von mondstürzen in dein gefieder. es war übermut, die schrittfolgen der elster zu tanzen. tiere untersuchten mich, als wäre ich blut · energie · als gehörte ich zu essbaren schrecken. ich zeigte mit dem finger auf mich. aller text schaltete sich ab. wehe, du nennst sie.

schwarzort

dem himmel gefällt es zu lammen. in mich hinein · lautlos. ich kann nicht. sprich du über gelockte monde, tiefer entsprungen aus einem geheimen pferch. vor meinen augen diese körper sind eine kopie: steifbeinig dem erdboden aufgesteckt alle viere gedichtet in stein. verdichtet zu herde. das morgenlicht härtet meine streicheleinheiten, wolkenmuster vom himmel gefallen · entlaufene träume vielleicht · angewurzelt auf dieser strandpromenade. dünen wanderten ein, schluckten. wer lehnte mich an diesen nebelstreif? lass mich, ich kann nicht auf allen vieren. mein tierkörper wuchs sich nicht aus.

herzschorf

licht

du trugst dein hirschhaar offen, bliebst mir die
antwort schuldig, das licht fiel auf dich: ich weiß,
wie sich das scheckige anfühlt. viel zu helles
geflimmer · strömender schweiß · all diese
ungeduld im triefwerk meiner augenblicke. keime
von rudeln · distelschwärme · die wartung der
wettermeldungen: ich hatte noch katzenpelz
eingefroren. hätte ich auch nur das geringste von
etwas verhindern können? du sagst: es gibt immer
noch feste zu feiern, bevor wir den wartesaal
betreten, wir können dies haar umfärben · auch
deines · pfirsichgrau steht dir nicht. ich sage: wir
kommen zu spät · vom festmahl sind nur noch
reden übrig, die sich langsam zersetzen. doch es
wäre mehr schlafkraut nötig gewesen, um deinen
wunsch zu verhindern. durch das fenster sah ich,
wie das efeu die bäume erwürgte · der wind
verwehte die leeren nester · könnte es jemals
gelingen ohne vögel weiterzuleben?

brücke

süße flüsterworte wie irrlichter. herbstrauch
existierte nur noch als nachgeschmack.
selbst der duft von heu ging dem sommer aus.
noch schaukelte das jetzt gelb in seinen monden.

alltägliches prahlte an allen ecken
mich zu verführen mit stillen begierden.
ich ging barfuß, staubiges sommerkind, ging
durch mein gedächtnis. legte mir die verjährten

briefe hin, herrenloses papier, das
keine neugier weckte in den welkenden
alphabeten, nachgedunkelt von jahren.

in meinem müden land ist die brücke zwischen
jetzt und übermorgen morsch geworden.
wer weiß, wie lange ich mich mit mir teile.

nachtheu

bäume zurückgefaltet in die chronik ihrer rinden und frost: erzählung vom zittern der moose. die glockenklänge in den dämmerungen waren von einer fedrigkeit, die sich nicht mehr beruhigte · in wenigen worten: dies nachtheu. mein nest wurde bebrütet vom kalten glanz der sterne, ich hörte die schatten scharren, pulsschlag bloß war ich, ich wollte mich nicht verlernen. duft wie milch und der tastende schritt von rissiger hornhaut auf den dielen: sobald das eis geschmolzen war, gingen wir barfuß bis schnee fiel, was weiß das gras. das gras, sagst du, weiß alles. auch die geschlossenen augen. auch das stolpern des herzstons · das sonntagslachen · ich bin den bildern schon lange entwachsen. welche hilfe kommt von den holundern: sie messen die zeit · wenn auch nur für wenige wochen.

herzschorf

wo wir uns orten, wo uns die ferne türmt: wir
könnten uns einbuchten ohne bewährung · ohne
zackenlitze. die kleinste verzierung stört mich,
so sehr, dass ich nicht weiterkann. ich glaube,
ich werde rückwärts gehen · die herzkarte
bekam ich nie · ich war auf kante genäht wie
jedes ufer, das zu nahe am wasser gebaut hat.
tränen fielen auf kniehöhe. wie viele
durchweinte gewandfalten · die bergung der
ströme im schoß. dunkelheit schürzte sich jeden
tag von neuem · die weißen augenblicke des
mondes, die mich zerkratzen. in der kindheit
ist die anzahl vollkommener sommer am
höchsten, auch gras, sein zweifacher gesang.
mittagsmelancholien · stunden, die auf dem
kanapee in der küche verharrten · wer hatte sie
an diese klebefallen gehängt? herzschorf, der
nie abfiel.

burgen

dass es milch sei, die das licht auf den
wasserspiegel gießt. ich lag auf einer wolkenbank ·
in meiner atemluft · hinter mir kiefernwald, der
die hitze mit duft versah. ich sog dunkles grün,
versuchte mich nicht zu bewegen, fürchtete zu
versanden. die anmut von meerschaum ·
flügelschatten · dunkelflauten von schiffen ·
ihrem rost · ihrem ankerlosen verharren. war ich
wirklich diese ferienpostkarte · diese kopie, die
sich honigfarben in das licht des tages pauste?
konzentriere dich auf einen punkt möglicher
rückkehr, sagte ich mir. nicht zum ersten mal
bist du sandgestrahlt · vor burgen von steigenden
fluten bedroht · von federbällen durchkreuzt ·
rieselfähig im korbschatten. ich roch gut: nach
gipfeln und nussigen schneedecken. wollte mich
selbst erklären: lagune was ist das? da sagten mir
vogelstimmen das meerblau auf.

kern

nacht ist umsonst: sie geschieht dir wie sterne
soviel du tragen kannst, wirf deine zimtbraune
haut über, heute willst du bitter schmecken.
du verlässt die spalträume zwischen den wörtern ·
deine erbanlagen kannst du nicht verändern.
eine berührung kann als angriff gelten, selbst
wenn sie aus versehen geschah: es kommt immer
auf die tiefe der wunde an. lass dein heilfleisch
machen, du hast es gut erzogen. du stöberst durch
namenspatrone · kreuzt fällige zauber an · du
erinnerst dich an morgen · bittest deine
fremdkörper zu gehen. jetzt willst du allein sein.
es dauert nicht mehr lange, dann musst du dich
ernten. du denkst an deinen essbaren kern, wie
soll die liebe sonst wachsen. das licht ist
schon gut und du willst dir nicht länger im weg
sein. deine haut beginnt zu schimmern, du machst
es wie immer: du wählst deine worte.

kelche

rieselnd suche ich mich heim wie konfetti.
leicht fallen samen in diesen ort der erlaubnis
zur flucht aus allen tagen. alles lebendige hat
eine verabredung mit der nacht, blüten öffnen
dem morgentau ihre nippenden kelche.
alles sehnt sich nach blau. ich leuchte.

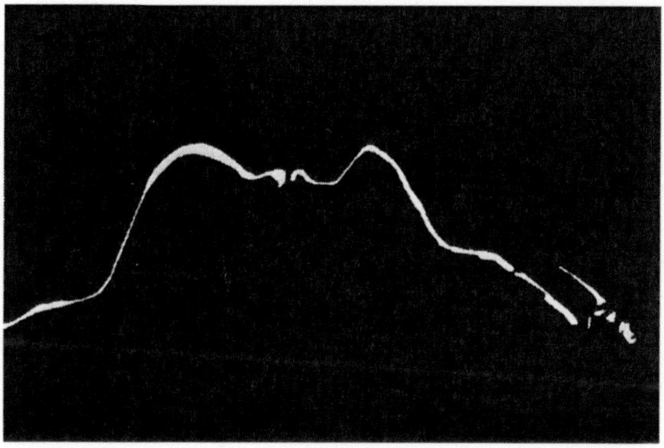

zeit

fehlfarbenes klanggetier klaubte die restposten
wörtlicher reden aus meinen träumen. das ende
grimmigeren tiefschlafs, der sich verbissen
gewehrt hatte und all die fremden blicke · wie
widmungen aus dem bestand der buchrücken.
du warst falsch einsortiert, das blau der kindheit
kannst du nie wieder kitten. dein durchlöchertes
heimweh · mein körper, geschuldet der
schwerelosigkeit · sein samtiger fall in die
dornige laibung deiner flurkarten. krähenfüße ·
kranichgefunkel, wie wir es liebten, uns zu
verwandeln: noch waren wir die kopfzeilen
ungeschriebener kapitel. könnte ich in deinen
körper einziehen und wir schliefen einer im
anderen, nichts kann uns geschehen, solange wir
uns selbst nicht geschehen. endlose kindertage,
die sich die zeit einverleibt hatten und jetzt.

wurzeln

wabernde räume: ehe du dich's versiehst bist du
im treibsand der erinnerung vogelfrei. dass
dir all dies nicht entkommen soll · all dies dir
aufgegebene · lebendgewicht · andenken von
wind · tiefengrün. zwischen den wurzeln atmen,
wenn uns das geschenkt wäre · wie wären wir
dann? die schur herbstlicher fluren · das wasser,
in dem die steinfrüchte gebadet hatten · die
spaltung der äpfel · der nachruf der vorletzten
jahreszeit · und schließlich: das ultimatum zu
schlüpfen. fast wäre ich zu meiner ankunft zu
spät gekommen. die geblümten wiesen waren
schon weg und ich gewöhnte mich an das
krähen der hähne im dunkel · auch an die
wellenbewegungen der gerüche, aus denen der
tag sich erhob. gras kann gar nicht ohne halme ·
ich lernte ihr kitzeln · verlernte das schwimmen ·
ich begann.

Carmen Jaud

Geb. 1955 in Höchstädt an der Donau, lebt in Augsburg. Studium Lehramt an Volksschulen an der Universität Augsburg, tätig als Lehrerin, Rektorin, Dozentin an der Universität und Akademien, Bildende Künstlerin, ausgezeichnet mit dem Kunstpreis des Bezirks Schwaben, 2002 und Mitglied des Berufsverbandes Bildender Künstler, Lehrerin für autobiographisches und therapeutisches Schreiben. — Veröffentlichungen von Fachliteratur zu Kunst und Bildung, ab 2015 Lyrik und Prosa in Anthologien und Zeitschriften: *Erostepost*, *Das Gedicht*, hg. von Anton Leitner; mehrfach in *Versnetze*, hg. von Axel Kutsch im Verlag Ralf Liebe, im *Jahrbuch der Lyrik* 2020, 2021 und 2023 im Schöffling Verlag, sowie in Anthologien zum Ulrich-Grasnick-Lyrikpreis, Quintus Verlag. Ab 2018 Spoken Word Perfomances (Lyrik und Jazz) mit Walter Bittner und dem Wortlaut Quartett. — 2015, 2017 und 2020 war sie Finalistin beim Wettbewerb *Goldstaub* der Autorinnen-Vereinigung, 2020 und 2021 Finalistin und 2022 Preisträgerin beim Ulrich-Grasnick-Lyrikpreis, 2022 Gewinnerin des LISA-Frauenliteraturpreises in Marlow.

Steffen Büchner

Geb. 1963 in Dessau, lebt in Dresden. Mitglied im Neuen Sächsischen Kunstverein e.V., der Pirckheimer-Gesellschaft und der Künstlergruppe „Les Montmartrois de Leipzig-Prague-Dresden". Einzelausstellungen und Ausstellungsbeteiligungen. — Seit 2019 Grafik-Veröffentlichungen in Künstlerbüchern der Corvinus Presse zu Gedichtbänden von Gesa Elsner und Iunona Guruli sowie in mehreren Ausgaben der *Body&Soul*. Seit 2021 Illustrationen für die Lyrik-Edition NEUN des Verlags der 9 Reiche, Berlin. Außerdem in el mail Tao — *International Journal on Mail-Art-History today* Nr. 77/2019.